# *tout*
# CE QU'IL VOUDRA

1

ANYTHING HE WANTS
by Sara Fawkes


Imprimé en Allemagne par GGP Media GmbH, Poessneck, en Novembre 2013
ISBN : 978-2-501-08460-4
4127049 / 04
dépôt légal : Novembre 2012

SARA FAWKES

# *tout* CE QU'IL VOUDRA

1

*Traduit de l'anglais (États-Unis) par Maxime Eck*

**Red Velvet**

# 1

Croiser le bel inconnu tous les matins, à mon travail : ces derniers temps, c'était le moment sublime de ma journée.

Je traversais le hall en direction des ascenseurs aussi vite que me le permettaient mes hauts talons, sinuant entre des échelles et des ouvriers qui réparaient le système électrique du vieil immeuble de bureaux. Réglé comme une horloge suisse, le mystérieux brun arrivait devant les cabines à 8 h 20 précises. Il n'y manqua pas non plus ce jour-là. Je me frayai un chemin dans la file afin de me rapprocher de lui aussi discrètement que possible et fixai les portes en faisant mine de ne pas l'avoir remarqué. Ce n'était pas un jeu, même si ça y ressemblait parfois. Les hommes aussi beaux que lui n'avaient jamais franchi les limites de ma sphère d'influence, ce n'était pas maintenant que ça allait changer.

Pour autant, une fille a le droit de rêver, non ?

Les portes coulissèrent et je me glissai à l'intérieur avec la petite troupe de ceux qui patientaient, puis m'assurai qu'on avait appuyé sur le bouton de mon étage. Le bâtiment ancien – historique, préféraient dire certains – était en pleine réhabilitation. On rénovait, on modernisait. Toutefois, les ascenseurs étaient encore de la vieille école. Plus petite et plus lente que ses contemporaines, la boîte de conserve dans laquelle je me trouvais n'en accomplissait pas moins son boulot et grimpait les étages péniblement et en grinçant.

Je repositionnai mon sac sous mon bras tout en jetant à l'inconnu un regard à la dérobée. Son regard croisa le mien. Mince ! Avait-il remarqué que je le fixais ? Rouge comme une pivoine, je lui tournai le dos, face aux portes, lesquelles s'ouvrirent pour dégorger une bande de gens sur leur palier. Il me restait encore onze niveaux à gravir. J'avais un poste d'intérimaire – saisie de données ! – chez Hamilton Industries. Si l'entreprise occupait la plupart des étages supérieurs, mon bureau exigu et moi-même étions relégués dans un coin reculé, quelque part au quatorzième.

Le look BCBG en costard-cravate m'avait toujours plu, et le beau brun portait chaque jour des costumes impeccablement taillés sur mesure, qui coûtaient sans doute plus cher que mon maigre salaire mensuel. Tout en lui respirait la bonne société, bien loin de mes origines – ce qui ne m'empêchait pas de fantasmer sur lui. Il habitait mes rêves, son visage était celui sur lequel se fermaient mes yeux le soir quand je me couchais. N'ayant eu entre les cuisses rien qui ne soit animé par des piles depuis plus d'un an, mes délires étaient un peu osés. Sur le moment, je m'accordai la liberté d'y repenser, et un sourire béat étira lentement mes lèvres. Vu mon degré de frustration, il ne m'en fallait pas beaucoup pour démarrer au quart de tour… une petite image mentale où j'étais plaquée contre un mur et subissais les derniers outrages… Waouh !

Les occupants continuaient de débarquer, l'ascenseur de reprendre sa course haletante. Soudain, je m'arrachai à ma rêverie en me rendant compte que j'étais seule en compagnie de l'inconnu. Pour la première fois depuis que j'avais commencé à travailler ici. Me raclant la gorge avec nervosité, je lissai ma jupe fourreau de ma main libre et m'exhortai à respirer. Une boule de désir durcissait dans mon ventre, alimentée par une ribambelle de pensées plus libertines les unes que les autres. Cette cabine d'ascenseur était-elle équipée de caméras ?

Tout à coup, je perçus un froissement discret derrière moi, puis un avant-bras musclé surgit près de ma hanche et enfonça le bouton rouge de l'appareil. Ce dernier s'arrêta aussitôt et, avant que j'aie pu prononcer un mot, deux bras apparurent autour de ma tête tandis qu'une voix grave murmurait à mon oreille :

– Je vous croise tous les matins dans cet ascenseur. À quoi jouez-vous ?

La stupeur m'ayant réduite au silence, je ne pus que cligner des yeux. Fallait-il que je me pince ? Se produisait-il vraiment quelque chose dans mon existence terne et banale ?

Un corps dur me pressa contre les portes de la cabine. Le contact du métal froid contre mes tétons soudain érigés et sensibles m'arracha un léger soupir.

– Qu'est-ce que… commençai-je.

Pour immédiatement oublier ce que je m'apprêtais à dire, car un long membre tumescent venait de se coller à ma hanche…

– Je sens votre excitation, gronda l'inconnu avec des intonations feutrées qui me nouèrent l'estomac.

Chaque matin, vous entrez dans cet ascenseur et je renifle ce à quoi vous aspirez.

Une main descendit s'enrouler autour de la mienne tandis que l'homme inclinait la tête vers ma nuque.

– Comment vous appelez-vous ? murmura-t-il.

J'avais l'esprit si vide que j'en oubliai la plus simple des réponses. Oh la la ! Cette voix était un concentré de sexe ! Le cerveau en déroute, je plaquai mes mains sur la surface devant moi pour éviter de m'effondrer. L'homme s'exprimait avec une voix rauque – et un accent que je n'arrivais pas à identifier.

– Lucy, finis-je par marmonner.

– Lucy, répéta-t-il.

Je respirai un grand coup en entendant mon prénom susurré avec autant de sensualité.

– Il me faut vérifier que vous avez aussi bon goût que vous sentez bon, ajouta-t-il.

Il ne s'agissait pas là d'une permission demandée, juste d'une exigence, et, avec une docilité qui m'étonna moi-même, je détournai légèrement la tête pour le laisser faire. Ses lèvres glissèrent sur la peau tendre derrière mon oreille, le bout de sa langue m'effleura. Ses dents mordirent mon lobe et je gémis en me laissant aller contre lui. Il remua son bassin, ma respiration se fit courte – un staccato de halètements qui rompaient bruyamment le silence.

– Putain ! Vous êtes vraiment bandante !

Ponctuant ce qui devait être un compliment, sa main descendit le long de ma hanche et de ma cuisse, jusqu'à l'ourlet de ma jupe. Puis elle rebroussa chemin en frôlant l'intérieur de ma cuisse, remontant le tissu au passage. Incapable de réfléchir, j'écartai les jambes pour lui donner accès et je ne pus retenir un cri quand ses doigts glissèrent sur ma culotte trempée qui collait à mon sexe douloureux.

Étais-je en train de rêver? Mon corps se cambrait, coincé entre les portes métalliques et la source de chaleur qui émanait de l'inconnu. On se serait cru dans l'un de mes fantasmes devenu réalité, et il m'était impossible de maîtriser les réactions physiques que cela provoquait en moi.

Ses doigts malaxaient mon clitoris à une fréquence de plus en plus régulière, mon bassin bougeait tout seul, toujours plus avide de caresses. J'étouffai un gémissement quand ses dents s'enfoncèrent dans mon épaule, puis il glissa sa main sous la dentelle de ma culotte et caressa ma peau mouillée, jouant avec la fente délicate de mon sexe d'une façon qui m'amena à geindre de plaisir sans retenue.

–Jouissez pour moi, m'ordonna-t-il de sa voix grave à la Vin Diesel.

Sa bouche jouait sur la ligne exposée de mon cou, alternant baisers et mordillements. Ses doigts s'enfonçaient en moi, son pouce agaçait mon bouton durci. Je connus alors l'orgasme de ma vie dans une exclamation étranglée. Soudain vidée de toutes mes forces, je posai mon front sur l'acier de la porte et frissonnai.

Sur ma droite, sous le panneau de commande de l'ascenseur, un téléphone se mit à sonner.

Je me raidis de surprise, tandis que les stridences me parvenaient à travers la brume hébétée qui m'enveloppait. Le désir céda la place à la honte, et je poussai sur mes mains pour me libérer. L'étranger s'écarta et me rendit mon espace vital avant d'appuyer de nouveau sur le bouton rouge. L'ascenseur redémarra avec un soubresaut pendant que je remettais vivement de l'ordre dans ma tenue. Le téléphone s'arrêta enfin.

–Vous avez encore meilleur goût que ce que j'imaginais.

Incapable de résister à cette voix, je me retournai. Il se léchait les doigts. Le regard qu'il posa sur moi allait me liquéfier. Par bonheur, le téléphone m'avait tirée de ma stupeur et je cherchai à tâtons les boutons des étages inférieurs, appuyant sur tous à la fois. Cela parut amuser l'inconnu. Quand les portes s'ouvrirent deux niveaux en dessous du mien, je m'éjectai de la cabine d'un pas mal assuré. À mon grand soulagement, je vis qu'il n'y avait personne dans les parages –je ne crois pas que j'aurais supporté qu'on me dévisage en cet instant.

Un sifflotement dans mon dos attira mon attention. L'homme avait ramassé mon sac et me le tendait. Je m'aperçus qu'il avait dû m'échapper pendant que nous… Bon. Je m'en emparai avec toute la dignité dont j'étais encore capable.

Lui me sourit, et ce léger mouvement modifia toute son expression. Frappée comme par la foudre, je découvris qu'il était d'une beauté proprement fracassante, tandis qu'il m'adressait un clin d'œil complice.

– On se reverra, promit-il.

Sur ce, l'ascenseur se referma, m'abandonnant à un étage qui n'était pas le mien.

J'inspirai profondément et entrepris de me refaire une apparence, glissant mon corsage sous ma ceinture avec des doigts tremblants. Ma culotte était fichue : si je la gardais, elle finirait par détremper le tissu de ma jupe. Préférant me concentrer sur cet aspect des choses plutôt que sur ce qui était arrivé, je me mis à la recherche de toilettes pour me nettoyer.

Quelques minutes plus tard, propre mais privée de dessous, je grimpai les marches quatre à quatre jusqu'à mon bureau. Les couloirs étaient pleins des arrivés de dernière minute et je parvins à gagner mon réduit sans difficulté. Mon ordinateur afficha quelques secondes de retard quand je l'allumai, mais personne ne s'en formalisa, car je me plongeai aussitôt dans mon travail pour essayer d'oublier ce que je venais de vivre.

# 2

Ma journée s'écoula dans un trouble intérieur sans pareil. Malgré tous mes efforts, je ne parvins pas à me concentrer sur mes tâches. Je fus contrainte de vérifier à deux voire à trois reprises que je ne commettais pas d'erreur. Entrer des données dans une base n'avait rien de très excitant et n'exigeait aucune intelligence, ce qui ne m'empêcha pas de me tromper tout le temps. Mes pensées revenaient sans cesse à la scène de l'ascenseur et au premier orgasme que j'avais eu presque en public. Lorsque je me ressaisissais, je ne me souvenais plus de ce que je venais de taper.

Cela me ressemblait si peu. J'avais toujours été attirée par le sexe, mais sans trop savoir pour autant comment satisfaire mes désirs. Adolescente sans grâce, les garçons ne m'avaient pas invitée à sortir avec eux ; sorte de souris insignifiante, je n'avais pas été conviée aux fêtes lycéennes ni même universitaires. Les rares petits amis que j'avais eus, pour peu qu'on puisse les qualifier ainsi, s'étaient peu attardés dans mon lit. Mon existence actuelle était ennuyeuse et, pour l'essentiel, réglée par la nécessité : les emprunts que j'avais dû faire pour mes études ne se rembourseraient pas d'eux-mêmes, et mon installation près de New York me coûtait les yeux de la tête. Par ailleurs, les hommes et moi n'avions pas grand-chose en commun : ils voulaient s'éclater en boîte quand je souhaitais lire, ils se gavaient de revues sportives alors que je préférais les magazines politiques.

Sortir avec un garçon n'avait jamais été mon fort, et c'était le cadet de mes soucis à ce stade de ma vie.

J'essayai d'effacer de ma mémoire ce qui s'était passé dans l'ascenseur, mais, sur le coup de midi, je n'avais plus qu'une idée en tête : récupérer mon vibromasseur... Mon comportement et la facilité avec laquelle j'avais réagi aux invites de l'inconnu me troublaient, malgré les fantasmes que j'avais eus. Il était hors de question que cela se reproduise, même si j'en mourais d'envie. Je ne pouvais perdre mon boulot, aussi monotone soit-il. Malheureusement, il était si répétitif que je n'arrêtais pas de me laisser distraire par le souvenir des lèvres douces du beau brun sur ma peau, de frissonner en me rappelant l'effet qu'avaient eu sur moi ses dents mordillant mon cou. Il émanait de ses mains une double promesse de force et de tendresse que mon corps refusait d'oublier.

La journée fut longue.

Je parvins à grand-peine à remplir mon quota de dossiers à archiver. Au moment de partir, j'envisageai de descendre à pied les quatorze étages avant de me résoudre à emprunter l'ascenseur. Bien sûr, je pris soin de vérifier qu'il était vierge de tout inconnu trop séduisant. Tandis que la plupart des gens se dirigeaient vers les taxis garés devant l'entrée du rez-de-chaussée, j'empruntai un raccourci par le garage en sous-sol. Seuls les cadres supérieurs y avaient une place réservée, ce qui n'était bien sûr pas le cas des intérimaires comme moi – encore aurait-il fallu qu'ils possèdent une voiture. Mais c'était le chemin le plus rapide pour gagner la station de métro, à deux rues de là, et personne ne m'avait signalé qu'il était interdit d'y passer.

Une fois la volée de marches dévalée, j'émergeai dans l'air frais du parking. Des crissements de pneus résonnaient dans la structure à plusieurs niveaux, mais je ne vis pas un chat dans les parages, que des rangées de voitures. La morsure du froid annonçait une chute de température dès le coucher du soleil. Me frottant les bras pour me réchauffer, je regrettai de ne pas avoir pris de gilet et j'accélérai le pas vers la sortie et la cahute du gardien. On avait beau être à la fin du printemps, ces derniers jours avaient été plus frisquets que d'habitude.

Soudain, quelqu'un me saisit le bras et me tira sur le côté. Une main fut plaquée sur ma bouche avant que j'aie eu le temps d'émettre un son. Je fus traînée dans une sorte de recoin sombre, à moitié caché du reste du garage et qui servait d'emplacement pour les motos. Je me débattis, mais l'emprise des bras était trop forte, pareille à un étau d'acier.

–Je vous avais bien dit qu'on se reverrait.

Je reconnus aussitôt la voix grave et maintenant familière. Elle avait résonné dans mon crâne toute la sainte journée, rythmant des images coquines que j'avais essayé en vain d'oublier.

Une vague de soulagement me submergea, très vite suivie par une colère décontenancée. Pourquoi n'avais-je pas peur de ce type? Agacée par ma propre bêtise, je plantai mon talon dans son tibia. S'il grogna, il ne me lâcha pas pour autant. À la place, il me retourna vers le mur en béton glacé et m'y plaqua.

Son corps se colla à mon dos, ses mains emprisonnèrent les miennes.

– Résistez, murmura-t-il à mon oreille, j'adore ça.

Sa décontraction teintée d'un vague mépris me tapa sur les nerfs. Je tentai de lui donner un coup de tête en rejetant ma nuque en arrière. Il esquiva avec un petit rire. J'essayai alors une deuxième ruade, mais il inséra une jambe entre les miennes, me réduisant à l'impuissance. Les doigts enroulés autour de mes poignets, plus doux que des menottes mais pas moins solides, déclenchaient des bouffées dans mon corps tout en m'immobilisant.

– Lâchez-moi ou je hurle, lui dis-je.

Je tournai le cou afin de voir sa réaction. Je m'en voulais de ne pas éprouver autant de frayeur ou de rage que j'aurais dû. Une fois encore, cet homme provoquait en moi les mauvaises réactions. Je devais être complètement folle pour penser que je pouvais lui faire confiance alors que je ne savais même pas comment il s'appelait !

Il promena son visage sur la ligne de mes cheveux, respira profondément et émit un grondement sourd et appréciateur.

–Je n'ai pensé qu'à vous aujourd'hui, murmura-t-il, visiblement indifférent à ma menace d'appeler au secours.

Pendant ce temps-là, ses pouces dessinaient de petits cercles sur mes poignets, chaque léger mouvement provoquant en moi des tressaillements incontrôlés.

–Et à votre rapidité de réaction, ajouta-t-il. Ah! Votre odeur! Votre goût!

Je déglutis et m'efforçai d'ignorer un petit frémissement au creux de mon ventre. Bon sang! Il était impossible qu'une telle attitude m'excite autant! Et pourtant si. Sa façon de me dominer d'une bonne tête et son corps ferme pressé contre le mien me donnaient le vertige et l'envie d'enrouler mes bras et mes jambes autour de lui. J'étais trahie par mes réactions physiques.

–Lâchez-moi! répétai-je les dents serrées pour contenir mon désir. Ce que vous faites est mal. Je ne veux pas...

Il embrassa doucement l'arrière de mon oreille, interrompant mes protestations de plus en plus faibles. Le contraste entre cette manifestation de tendresse et la brutalité de l'emprise de ses doigts renforça d'autant mon excitation. Ses lèvres et ses dents coururent le long de mon cou, son bassin se frotta à mes fesses, son membre érigé glissa entre ma raie –j'en eus le souffle coupé.

–Jamais je ne prendrai une femme qui ne voudra pas de moi, souffla-t-il. Dites-moi non, et je vous laisse définitivement en paix.

De nouveau, il embrassa ma gorge et mordilla mon épaule, comme s'il attendait ma réponse.

À présent, je tremblais de tout mon corps. Ni à cause de la peur ni à cause de la détresse. Quand une de ses mains libéra mon poignet, je ne bronchai pas, ligotée par les sensations que son contact provoquait en moi. Il se mit à caresser ma cuisse sous ma jupe, griffant ma peau du bout des ongles, puis un doigt s'insinua entre mes fesses. Un grognement lui échappa, il attrapa mon cul à deux mains, l'écarta et y pressa le renflement qui boursouflait son pantalon. Je cambrai les reins et gémis malgré moi tout en m'arcboutant sur le mur pour me plaquer encore plus à lui.

Il me retourna d'un geste brusque. J'entrevis son beau visage et l'éclat de ses prunelles vertes, puis ses lèvres écrasèrent les miennes et me donnèrent le baiser le plus sensuel de toute mon existence. J'y répondis goulûment, me collai à lui comme une sangsue, caressai son torse sous la veste de son costume, à travers sa chemise soyeuse. Mais il m'arrêta très vite et s'empara de mes mains, les maintenant levées au-dessus de ma tête. D'une jambe glissée entre mes cuisses, il me souleva encore plus haut, tandis que je roulais des hanches et me frottais sur ses muscles. J'émettais malgré moi des geignements haletants alors qu'il léchait et mordillait la peau sensible de mon cou.

– Sucez-moi, murmura-t-il sans cesser de m'embrasser. Je veux vous voir à genoux, sentir votre bouche parfaite autour de ma queue…

Cette fois, quand je me dégageai, il ne m'en empêcha pas. Il recula et me remit sur mes pieds. Mes mains se ruèrent aussitôt sur son pantalon et en baissèrent la braguette. Ses mains rejoignirent les miennes, et alors qu'il libérait lui-même son sexe, je m'agenouillai et en léchai le gland. Il avait bon goût; la brusque inspiration qui se fit entendre là-haut m'apprit que l'homme appréciait ce que je faisais. Son désir correspondait au mien, et une nouvelle vague de chaleur se répandit entre mes cuisses. Avançant la tête, j'engloutis tout son nœud.

–Aaaah!

L'exclamation et le frémissement qui l'accompagna me rendirent audacieuse: j'enroulai une main autour de la base épaisse de sa bite afin de l'engouffrer plus avant. De la langue je taquinai à la fois sa grosse veine bleue et le gland, puis je commençai à coulisser le long de la hampe turgescente. Il plaqua une main sur ma nuque et y appuya avec fermeté, mais je résistai pour insuffler mon propre rythme. Déboutonnant son pantalon, je cueillis ses couilles entre mes doigts. Son membre en sursauta de plaisir et, cette fois, ce furent ses deux mains qu'il enfonça dans ma chevelure, poussant et exigeant toujours plus. Cette fois, je cédai et l'avalai le plus profondément possible sans cesser d'avancer et de reculer, de l'agacer avec ma langue frétillante. Lâchant ses couilles, je me mis à caresser mes lèvres humides et mon clitoris érigé.

– Vous vous touchez ? grogna-t-il.

Il s'enfonça brutalement dans ma bouche et j'accélérai le mouvement. Sa présence en moi étouffait mes propres gémissements. Lui parvint à garder le silence, même s'il ne put contenir quelques geignements quand je massai son nœud au fond de ma gorge, des manifestations de plaisir très gratifiantes pour moi.

Une partie de mon cerveau, toute petite, se demandait ce que j'étais en train de fabriquer. Je m'empressai de la faire taire. J'en avais plus qu'assez d'être transparente. Même mes collègues de travail m'ignoraient. Aussi, que ce bel homme m'ait remarquée et approchée, y compris d'une façon on ne peut plus crue, me donnait le tournis. J'évitai de m'interroger sur son choix comme sur ce qui s'ensuivrait. Pour l'instant, je ne souhaitais que des sensations. Ses doigts agrippèrent mon cuir chevelu tandis que ses couilles se contractaient, révélant qu'il était sur le point d'atteindre l'orgasme, tout comme moi d'ailleurs.

Soudain, il me repoussa et je le lâchai avec un bruit de succion. Il se pencha pour enrouler ses bras autour de ma poitrine, me souleva de terre et me plaqua de nouveau contre le mur de béton. Un corps dur s'insinua entre mes cuisses. Mes yeux étonnés se posèrent sur les traits magnifiques, à quelques centimètres seulement de mon visage, puis je sentis sa queue frapper à ma porte. Lorsqu'il me pénétra, je poussai un cri de plaisir intense. Des muscles intimes qui n'avaient pas fonctionné depuis longtemps s'étirèrent, l'humidité de mon sexe lui facilita l'entrée. Ses lèvres s'écrasèrent sur les miennes, engloutissant mes gémissements, et il s'enfonça en moi avec vigueur.

L'orgasme que j'avais soigneusement préparé avec mes doigts remonta à la surface sous ses coups de reins. Je jouis avec une force incroyable, secouée par des vagues successives de plaisir. J'embrassai mon partenaire avec une sauvagerie que je ne me connaissais pas, mordis sa bouche et griffai les manches de son costume. La violence de ma réaction déclencha la sienne et il glissa en moi encore plus vite, délaissant mes lèvres pour mordre mon épaule. Mes cris, désormais plus faibles, retentirent longtemps contre les parois.

Il poussa un soupir, se retira et éjacula sur le sol. Coincée entre le béton froid et son corps en fusion, je finis par reprendre conscience du monde autour de moi – la fraîcheur de l'air, le bruit des véhicules qui quittaient le parking... Encore affaiblie par ma jouissance, je me laissai aller contre ses épaules carrées.

Il s'écarta mais me soutint d'une main dans le dos. Lentement, il m'aida à reprendre pied. Titubant sur mes talons hauts, j'agrippai son bras un instant avant de reculer à mon tour.

Je me mis à frissonner, et le froid n'en était qu'en partie responsable, puis je sursautai quand quelque chose de chaud et de lourd fut posé sur mes épaules. Un coup d'œil me permit de constater que l'inconnu m'avait passé sa veste. Mais je fus incapable de le remercier. Quand j'enfilai le vêtement, il m'aida, en parfait galant homme. Même léger, le tissu conservait sa chaleur et j'en fus intensément soulagée.

– Permettez-moi de vous ramener chez vous.

Aussitôt ces paroles prononcées, je secouai la tête et m'écartai de lui.

– J'ai un train à prendre, répondis-je.

De l'index, il souleva mon menton, m'obligeant à le regarder en face. Si ses traits étaient impassibles, une lueur inquiète allumait ses somptueux yeux verts.

–J'insiste, souffla-t-il.

Mon corps réagissait encore à son contact. J'avais envie de placer ma joue contre la peau rugueuse de sa main. Cette perspective idiote –étais-je à ce point désespérée?– amena des larmes au coin de mes paupières. Je m'arrachai à lui. M'éclaircissant la gorge et m'efforçant de ne pas passer pour une sotte qui minaude, je le fixai droit dans les yeux.

–J'ai un train à prendre, répétai-je.

Malgré la honte et les remords qui m'incitaient à disparaître de sa vue, je m'éloignai, tête haute, avant de me raviser au tout dernier moment.

–Votre veste, murmurai-je.

Je commençai à la retirer.

–Gardez-la, dit-il en m'arrêtant d'un geste. Vous en avez plus besoin que moi.

Un sourire amusé étira brièvement ses lèvres, comme si, l'espace d'une seconde, il m'accordait toute son attention… et m'approuvait.

L'air était de plus en plus frais, et je ne doutais pas d'être complètement débraillée. Si le vêtement était trop grand pour moi, il aurait tout de même le mérite de me couvrir en partie. Avec un vague merci, je quittai le coin sombre et pris la direction de la sortie. Je portai une main tremblante à ma tête ; j'étais décoiffée, mais rien de pire. Il fallait absolument que je trouve un miroir, histoire d'arranger les choses.

Dans mon dos, une voiture ronronna avant de s'arrêter. Même si la raison m'ordonnait de ne pas regarder, je me retournai. Un chauffeur venait de descendre d'une limousine noire et ouvrait la portière arrière à mon inconnu. Pétrifiée, comme une idiote, j'observai l'homme grimper dedans, son chauffeur refermer la portière, se réinstaller à l'avant et repartir. Les vitres de la voiture étant teintées, je ne distinguai pas l'intérieur quand elle me dépassa. Le carrosse que je venais de décliner fila dehors et s'inséra dans la circulation insensée des heures de pointe. Mais qui était ce type?

Incapable de trouver une réponse, je repris mon chemin et quittai moi aussi le garage.

Je m'engouffrai dans le café le plus proche et me rendis aux toilettes, où je me nettoyai. Quinze minutes plus tard, je ressortais, les bras nus, la veste pliée sur l'anse de mon sac. Ayant loupé mon train, j'en attrapai un plus tard. De toute façon, j'étais plongée dans un brouillard, hagarde, et une seule et unique pensée occupait mon esprit.

Mais qu'est-ce qui me prenait?

# 3

Le lendemain, j'arrivai au bureau avec trente minutes d'avance, histoire d'être bien sûre que mon inconnu ne serait pas dans l'ascenseur. J'étais plutôt nerveuse à l'idée que quelqu'un ait pu être témoin de mes frasques de la veille et s'autorise un commentaire. Aussi, l'indifférence générale habituelle me soulagea. Il y avait peu de monde dans le bâtiment à cette heure. Cependant, je me ruai dans mon refuge pour éviter toute rencontre avec certains yeux verts.

J'avais passé l'essentiel de ma soirée et de ma nuit à essayer de décider si je devais ou non retourner bosser. L'imprudence et la sottise sans nom de mes actes m'avaient hantée jusqu'au matin et amenée à douter de ma raison. Ce n'était pas moi ! Jamais je ne m'étais conduite de cette façon. À mes yeux, une libido en manque n'expliquait pas tout.

Quelle alchimie étrange et incontrôlable ce type déclenchait-il en moi? Quel don possédait-il pour parvenir à révéler ainsi une facette de ma personnalité que j'ignorais?

Au petit matin, j'avais commencé à chercher un poste ailleurs sur le Net, de quoi rebondir au cas où ma situation actuelle tournerait au vinaigre. Malheureusement, le marché du travail était toujours aussi tendu. La moitié raisonnable de mon cerveau exigeait que je démissionne de mon emploi actuel, l'autre –logique– avançait que j'avais besoin de mon salaire. Le loyer de mon minuscule studio allait arriver à échéance, et je n'avais aucun autre moyen de survivre pour le moment, à moins d'opter pour une existence de sans-abri.

«Lucy, tu es tombée bien bas!»

Une fois installée à mon bureau, je m'attelai à des tâches ne réclamant pas l'usage de l'ordinateur, car je ne tenais pas à ce que mes chefs découvrent que j'étais venue d'aussi bonne heure. Mes collègues arrivèrent les uns après les autres, jacassant en passant devant mon réduit. J'y restai sans bouger de toute la journée, heureuse –une fois n'est pas coutume– d'être transparente. Aucun événement particulier ne dérangea ma routine jusqu'à ce que, vers 16 heures, ma supérieure passe la tête par-dessus une des parois de mon recoin.

–Veuillez me suivre, s'il vous plaît, Mlle Delacourt.

Cette intrusion m'étonna autant qu'elle m'inquiéta. Je croisais la femme presque tous les jours, mais, après mon entretien d'embauche, elle avait totalement ignoré ma présence dans son service. Qu'elle choisisse ce jour-là pour me parler provoqua en moi une sorte de vertige, tandis qu'un nœud se formait au creux de mon ventre. Son ton sec ayant laissé entendre qu'il n'était pas question d'ergoter, je marmonnai un vague acquiescement puis, après une petite pause destinée à me ressaisir, je me dépêchai de lui emboîter le pas.

Mais, au lieu de s'arrêter à la porte de son propre bureau, elle quitta le service pour gagner à grandes enjambées le palier. Je la suivis en silence, n'osant l'interroger par crainte d'apprendre que tout l'immeuble était désormais au courant de mes sexcapades de la veille. Je ne voyais, en effet, aucune autre raison à cette convocation aussi soudaine qu'inhabituelle et, à mon avis, les instances supérieures n'auraient pas pris la peine de m'entraîner hors de mon service si elles s'étaient apprêtées à me flanquer tout bonnement à la porte.

C'est en silence que l'ascenseur nous hissa quatre étages plus haut. Ma patronne ne desserra pas les lèvres et l'expression de son visage restait indéchiffrable. Non que je me risque vraiment à la lire, trop effrayée à l'idée de ce que je pourrais y découvrir. Quand les portes s'ouvrirent, je réalisai que je m'apprêtais à entrer dans un monde entièrement différent du mien. Fini, les couloirs étroits et nus. Nous étions dans un hall très vaste, aux parois lambrissées de bois sombre. À l'opposé de la pièce d'accueil, le nom de la société, Hamilton, s'étalait en larges lettres dorées. Au-delà, un grand comptoir occupait un espace ouvert sur lequel donnaient les portes de bureaux et deux immenses salles de conférence vitrées. Tout ici respirait une richesse ancienne, le bois et l'or mêlés à des éclairages et à des tableaux contemporains.

–Nous avons rendez-vous avec M. Hamilton, annonça ma supérieure à la secrétaire.

Cette dernière acquiesça, puis décrocha un téléphone.

J'avais soudain les jambes en coton. Que fichions-nous à l'étage des grands patrons? Je m'étais bien gardée de me renseigner sur l'organigramme de la boîte. Après tout, je ne faisais qu'un intérim et ma présence ici ne durerait qu'un temps. Pour autant, je n'étais pas complètement idiote. Cela n'était pas un simple étage de bureaux; cela ressemblait plutôt à une salle de réception à la Donald Trump. Je n'en étais pas moins perplexe : si la direction avait eu vent de mes agissements de la veille, je n'aurais jamais mis les pieds ici.

Mon anxiété augmenta encore plus, et c'est à une distance prudente que je traînai dans le sillage de ma chef. Elle frappa à une porte, l'ouvrit et passa la tête.

– M. Hamilton va vous recevoir, m'annonça-t-elle ensuite.

D'un geste, elle m'invita à entrer. Je restai plantée là, sans piper mot, avant d'avancer très, très lentement. Après un ultime regard ahuri à la dame, je pénétrai dans la pièce… où je me figeai aussitôt, pétrifiée d'horreur. Oh non, c'est pas vrai !

–Merci, Agatha. Ce sera tout pour l'instant.

Avec un hochement de tête, ma supérieure se retira et referma la porte derrière moi, m'abandonnant, seule et sans défenses, presque effondrée, dans l'immense bureau. Je devais ressembler à une carpe : ma bouche s'ouvrait et se refermait face à la silhouette hélas familière assise dans le fauteuil directorial. Mes yeux tombèrent sur une plaque posée sur la table :

–Jeremiah Hamilton, soufflai-je, engourdie par le choc de cette découverte.

Il posa sur moi des prunelles froides et inquisitrices.

–Mlle Delacourt, répondit-il en désignant unc chaise devant lui. Je vous en prie, prenez place.

Les battements de mon cœur s'accélèrent au son de sa voix, confirmant mes pires craintes. Privée de parole, j'avançai jusqu'au siège, d'une démarche mécanique, et m'assis. Son attention s'était détournée de moi et il scrutait la tablette qu'il tenait. Je profitai du répit pour examiner les lieux dans un silence tendu. Derrière le bureau, le mur était une immense paroi vitrée qui offrait une vue panoramique sur la ville. La table de travail, en bois sombre, était presque vide, excepté un ordinateur portable, la plaque avec le nom de son occupant et un pendule de Newton dont les billes en acier étaient immobiles. Ma chaise, confortable et moelleuse, était à roulettes.

–Mlle Lucy Delacourt, reprit l'inconnu.

Mais non, me corrigeai-je. Il s'agissait de *Jeremiah Hamilton*. Je n'en revenais toujours pas.

–Actuellement en mission intérimaire, chargée du classement de nos données, recrutée il y a un mois par Agatha Crabtree. Correct?

J'opinai d'un mouvement sec du menton.

–Je remarque que vous avez présenté un passeport comme pièce d'identité, poursuivit-il avant de me lancer un regard interrogateur. Un passeport? Plutôt inhabituel…

–J'ai toujours mes papiers sur moi, répondis-je avec difficulté tant j'avais la bouche sèche.

Son sourcil arqué semblait indiquer qu'il espérait plus d'explications, mais je me bornai à hausser les épaules, à court de mots. Au bout d'un instant, il enchaîna.

–Vous avez grandi dans le nord de l'État de New York, vous avez fréquenté l'université de Cornell pendant trois ans avant de lâcher vos études. Depuis, vous vivotez de petits boulots et vous avez emménagé près d'ici il y a trois mois. Pourquoi avez-vous abandonné la fac?

Ses paroles me passaient largement au-dessus de la tête. Ce fut la pause qu'il marqua qui me ramena à la réalité.

–Pardon?

– Pourquoi avez-vous abandonné la fac, Mlle Delacourt ? répéta-t-il.

Son intonation indiquait qu'il exigeait une explication. C'était là un sujet personnel, compliqué, qui réveillait en moi des souvenirs avec lesquels je me débattais depuis trois ans maintenant. Sa curiosité représentait une intrusion dans mon intimité ; du reste, je savais que, juridiquement, rien ne m'obligeait à le renseigner. Malgré moi, et à mon propre étonnement, mes lèvres formulèrent une réponse.

– Mes parents sont morts.

Un nouveau silence s'installa, assez long, et je baissai les yeux sur mes mains en m'efforçant de ne pas fondre en larmes – une tâche délicate, vu la situation stressante dans laquelle je m'étais fourrée. Mes parents auraient-ils eu honte de moi en cet instant ? Ils avaient fait tellement de sacrifices pour me permettre d'avancer. Je ne m'étais rendue compte de l'étendue de leurs dettes qu'après leur disparition, quand j'avais été contrainte d'adopter une existence conditionnée par les choix qu'ils avaient faits pour me permettre de suivre des études.

– Je suis navré, lâcha Jeremiah.

Il se racla la gorge et je relevai la tête. Il s'était renfoncé dans son fauteuil.

–Qu'est-ce qui vous a amenée à Jersey City ? continua-t-il.

J'eus l'impression de détecter un peu d'inquiétude dans sa voix. Mais je ne réussis pas à soutenir son regard et détournai les yeux. Bien que, une fois encore, il s'agisse de ma vie privée et que je n'aie aucune raison de me justifier, je le fis.

–Notre maison de famille a été saisie par la banque. Il fallait que je déménage, et une ancienne amie de l'université m'a proposé une colocation.

–Je vois, marmonna mon interlocuteur en se grattant le menton. Savez-vous pourquoi je vous ai convoquée, Mlle Delacourt?

On y était. La question que je redoutais depuis le début. Celle à laquelle il m'était tout bonnement impossible de répondre. Je déglutis, tentai de croiser l'éclat de ses prunelles vertes, mais le courage me manqua.

–Non? murmurai-je.

Il s'apprêta à dire quelque chose, se ravisa, recommença.

–Permettez-moi de vous décrire ce qu'aurait été votre journée d'aujourd'hui si nous n'avions pas le présent entretien.

Il croisa les bras sur la table avant de poursuivre.

–Vous auriez travaillé jusqu'à ce que, une demi-heure avant la fermeture, Mme Crabtree vous appelle dans son bureau. Elle vous aurait expliqué que votre mission intérimaire prenait fin ce soir, vous aurait remis votre dernière fiche de paie et vous aurait fait escorter hors de l'immeuble.

Pour la seconde fois depuis le début de la journée, le sol se déroba sous mes pieds.

–Vous me renvoyez? balbutiai-je, mon incrédulité cédant peu à peu la place à la colère. Est-ce parce que nous…

Jeremiah m'interrompit d'un geste de la main et secoua la tête.

–Ces réductions d'effectifs ont été décidées il y a un mois déjà. Nous n'avons plus besoin des intérimaires dans votre service.

Il plissa les yeux et ajouta, plus pour lui-même que pour moi :

– J'ai signé la directive en début de semaine, avant de savoir qui vous étiez.

– Mais plus personne n'embauche en ce moment, soufflai-je.

J'étais si déroutée que j'avais oublié que ma recherche d'un boulot était censée rester secrète. Cela dit, je n'avais plus aucune raison de la dissimuler. J'avais du mal à dominer ma colère face à ce nouvel obstacle. Je portai sur le bureau un regard absent.

– J'ai consulté votre dossier, continua Jeremiah. Vous avez bien travaillé. Nous vous remettrons une excellente lettre de recommandation pour vos prochaines recherches d'emploi.

Incapable de réfléchir, je le dévisageai.

– Pourquoi me dites-vous cela en personne ? demandai-je. Pourquoi m'avoir fait monter ici ?

– Parce que j'ai une proposition à vous faire. Un poste. Si ça vous intéresse, naturellement. J'ai besoin d'une assistante personnelle.

Je clignai plusieurs fois des yeux, étonnée. J'eus beau examiner ses traits en détail, il ne laissait rien paraître, son expression était aussi lisse que du marbre. Des soupçons très légitimes s'éveillèrent au fond de mon ventre.

– Quel genre d'assistance personnelle? demandais-je.

– Tout ce que je voudrai.

J'inspirai profondément. Cette simple phrase m'entraînait déjà dans toutes sortes de zones obscures. Il n'était pas sérieux, quand même? Avais-je bien compris ce qu'il sous-entendait? Malheureusement, l'éclat de ses yeux verts, qui contrastait tellement avec son attitude d'homme d'affaires détendu et sûr de lui, confirmait que, si, il sous-entendait exactement ce que j'imaginais. Ce regard me promettait bien des plaisirs. Ou alors, c'était moi qui continuais à vouloir transformer mes propres fantasmes en réalité. Il n'empêche, autant m'en assurer.

– Comme hier, quand nous…

Il se pencha vers moi et plaça son menton sur ses mains.

– Absolument, lâcha-t-il sans plus de manières.

Je fis appel à toute mon indignation de femme, je tentai de trouver le meilleur moyen de protester et de conserver ce qu'il me restait de dignité… en vain. J'avais l'esprit bien trop pragmatique. Il était indispensable que j'aie un boulot, et voilà qu'on m'en proposait un. Je ne pouvais me permettre de le laisser filer, d'autant que j'ignorais si une autre offre se présenterait. Pour autant, je n'allais pas accepter aussi facilement.

– Combien ? lançai-je en relevant le menton, priant pour qu'il ne s'aperçoive pas que je rougissais.

Bon sang ! J'avais du mal à croire que j'étais en train d'envisager la chose.

Un lent sourire narquois étira ses lèvres.

– Tous les avantages que propose la société à ses employés en CDI, une augmentation de salaire et le règlement de vos frais de déplacement.

Il écrivit sur un Post-It, qu'il fit glisser vers moi.

– Ceci devrait constituer un salaire de départ satisfaisant.

Je faillis m'évanouir devant le montant. À ce rythme, l'emprunt contracté pour mes études serait remboursé en quelques mois et je pourrais même économiser pour retourner à la fac d'ici un an. J'étais sans voix. Mon cerveau était submergé de réflexions contradictoires. D'une part, c'était une occasion en or – littéralement ; de l'autre, une voix – celle qui, en général, ressemblait à celle de mes parents – m'incitait à fuir. Je gardai le silence un bon moment tout en soupesant les options que j'avais. Puis je respirai un grand coup et lâchai :

– Je veux que vous le mettiez par écrit.

J'eus le sentiment qu'il ne s'attendait pas à cette réponse. Il inclina la tête, plissa les yeux – la seule trace d'amusement discernable. Autrement, son beau visage resta stoïque.

– Très bien, dit-il. Mais le protocole exige que je vous fasse d'abord passer un entretien d'embauche.

De nouveau, il se pencha vers moi. Le menton sur ses doigts, il lâcha d'un ton serein :

– Levez-vous et penchez-vous sur le bureau, en appui sur vos coudes.

4

Je me figeai. La phrase prononcée un peu plus tôt – « Tout ce que je voudrai » – résonnait dans mon crâne. Après quelques secondes de tension pendant lesquelles je luttais contre moi-même et finis par céder, je me mis debout et m'approchai du bureau. Je me courbai dessus, les coudes placés de chaque côté de la surface en bois sombre. Nerveuse, je regardai Jeremiah qui se leva à son tour et contourna la table.

– Ne bougez plus, m'ordonna-t-il. Sauf si je vous le demande. Combien de mots tapez-vous à la minute?

La question me désarçonna. Comme je m'étais entraînée mentalement à un futur entretien, je ripostai cependant aussi sec :

– Quatre-vingts.

– Quels sont vos points forts, vos points faibles?

Il disparut derrière moi, ce qui me déconcentra. Si je pouvais encore tourner la tête pour le surveiller, je continuai à fixer la surface plane devant moi et à répondre à ce qui ressemblait à un entretien en bonne et due forme.

– Je suis attentive aux détails et consciencieuse.

Un ricanement accueillit mes propos trop visiblement préparés.

–Où vous voyez-vous dans cinq ans?

J'allais répondre quand une main s'insinuant sous ma jupe me réduisit au silence. Elle glissa sur ma cuisse avant de remonter sur mes fesses puis de s'éclipser. J'avalai ma salive, le souffle court, mais je parvins à retrouver l'usage de la parole.

–J'aimerais terminer mes études de droit. Ou alors exercer un métier qui me plaise énormément.

Je n'obtins qu'un simple «Hum». Le cœur battant la chamade, je fermai les yeux et me concentrai pour me contrôler. J'avais l'impression d'être de retour dans l'ascenseur, la veille au matin: un effleurement, et je partais en vrille.

–Et en quoi consisterait ce boulot de rêve?

Des doigts se frayèrent un chemin entre mes cuisses et entreprirent de frôler le fin coton de ma culotte. À mon grand dam, un gémissement m'échappa et mon bassin s'abaissa, cherchant un contact prolongé. Malheureusement, la main s'envola et je ravalai un soupir de frustration. Mais ce répit me permit de rassembler mes idées et de répondre à la question, non sans mal.

– Un emploi où je m'épanouirais et serais utile aux autres.

– Bien joué, murmura-t-il.

Soudain, sa main revint titiller l'intérieur de mes jambes, me faisant basculer dans un état second. J'appuyai mes mains sur le bureau, enfonçai mes ongles dans le bois, tandis qu'une vague de chaleur se répandait dans mon bas-ventre. Sans cesser de tourmenter la chair de mes cuisses, il se mit à caresser mes hanches et mon dos de son autre main. Tremblant sur mes coudes, je sentis une turgescence presser contre mon cul. Les doigts quittèrent mes jambes pour se faufiler sous ma culotte et s'enfoncer en moi, coulissant sans difficulté dans les plis lubrifiés de mon sexe. Je tentai d'étouffer un cri de plaisir – en vain.

– Cette pièce est insonorisée et la porte est verrouillée, m'informa-t-il.

Je n'avais pas songé une seconde à cet aspect des choses. Les doigts qui me pénétraient profondément me faisaient bien trop d'effet pour ça.

Quand il fit glisser ma culotte le long de mes jambes sans m'en demander la permission, je ne protestai pas, me contentant de l'enjamber lorsqu'elle tomba par terre. La pression d'une chaussure vint élargir l'écartement de mes jambes, et des hanches se plaquèrent sur mes reins. Pendant ce temps, les doigts continuaient leur exploration. Puis Jeremiah souleva ma jupe et colla son impressionnante érection le long de ma raie.

Son pouce, qui avait massé mon clitoris, se dirigea alors vers mon trou arrière. Choquée, je sursautai, bien que le bureau d'un côté et les hanches de mon partenaire de l'autre me maintiennent prisonnière. Il promena son doigt autour des replis de mon anus. Je n'avais jamais envisagé qu'un homme puisse s'intéresser à cette partie de mon anatomie. Si je n'étais pas ignorante au point de ne pas savoir ce qui se pratiquait parfois, je n'avais jamais été confrontée à un tel désir. J'avais de plus en plus de mal à réfléchir, tant sous l'effet de ses caresses que celui de mes envies les plus coquines.

Des lèvres se posèrent sur ma nuque.

– Enfin, ronronna-t-il de sa voix si grave.

Le mot était lourd de promesses, tandis que mon anus se dilatait et que lui s'intéressait de nouveau à mon clitoris. Chacune de mes respirations avait désormais des allures de gémissement et je soulevais les hanches dans un besoin éperdu d'être prise. Il eut beau m'agacer tous les sens de ses doigts, il réussit à retarder l'arrivée de mon orgasme. Un maître en la matière, qui savait comme personne alterner excitation et frustration, souffler le chaud et le froid, ce qui me rendait dingue. Je perçus tout à coup un froissement et je constatai que Jeremiah s'était agenouillé devant mon cul. Ses dents griffèrent l'une de mes fesses qu'une main écartait fermement. Avant que je comprenne ce qui se passait, une langue humide vint lécher les recoins de la partie la plus intime de mon corps. Une première pour moi. Lorsqu'elle s'enfonça dans mes intérieurs ruisselants de plaisir, je bondis en avant, poussant un cri de bonheur, aussitôt suivi d'un second, alimenté par les caresses prodiguées à mon con. Doigts devant, langue derrière, ce mélange inconnu ne ressemblait à rien de ce que j'avais pu éprouver jusqu'alors et me fis perdre la raison. Je jouis bruyamment sans parvenir à contrôler les cambrures de mon corps, insouciante des rayures que mes ongles infligeaient au bois du bureau.

J'avais la tête entre les mains quand j'entendis le crissement d'une capote qu'on déballait. L'instant d'après, Jeremiah plaça sa longue queue entre mes fesses. Ses doigts m'élargirent avant d'être soudain remplacés par sa verge épaisse qui força son passage dans l'ouverture étroite. De son bras puissant glissé sous mon ventre, Jeremiah me souleva afin de mieux me pénétrer, et je geignis. Puis il me rallongea sur son bureau, se retira, revint en moi, détendant et électrifiant mes chairs fragiles. Surfant encore sur la vague de mon orgasme, je ne ressentais presque aucune douleur ; au contraire, même, je pantelais et lui offrais mon cul avec une frénésie incroyable.

– Putain, ce que vous êtes bonne ! murmura-t-il en s'enfonçant en moi de nouveau avec force, ce qui m'arracha un nouveau cri.

Ses puissants va-et-vient m'obligeaient à m'accrocher au bureau de toutes mes forces. Tout à coup, il saisit ma nuque et tira ma tête en arrière pour l'appuyer contre son épaule. Cette position m'empêchait presque de respirer, mais un second orgasme me submergea et je hurlais ma jouissance.

Je baissai la tête, épuisée. Ses dents mordillaient ma nuque puis descendaient le long de la courbe de mes épaules qu'il avait dénudées après avoir tiré sur mon corsage. La douceur de ses lèvres contrastait avec la brutalité des coups de boutoir qui me déchiraient le cul, et j'adorais ça. Comme j'adorais qu'il ait le contrôle et qu'il m'impose son rythme. Deux orgasmes en l'espace de quelques minutes m'avaient achevée. J'avais l'impression d'être une poupée de chiffon. Heureusement, ses bras forts me tenaient fermement. J'arquai le dos pour le satisfaire, malgré la sensibilité accrue de mon anus et l'énormité presque douloureuse de mon plaisir.

Comme avant, il planta ses dents dans ma chair lorsqu'il accéda à sa propre jouissance. Il frissonna, ses va-et-vient frénétiques me soulevèrent presque de terre, et il émit un grognement bestial quand, dans une ultime pénétration sauvage, il jouit en moi. Il lâcha mon cou, et le sang me monta aussitôt à la tête, me donnant le vertige. Puis il me coucha avec délicatesse sur le bureau et s'allongea sur moi. Ensemble, nous reprîmes notre souffle.

Au bout d'un moment, il se retira et recula, m'abandonnant sur le bureau. Je mis une minute à prendre conscience de l'impudeur de ma position, une autre à me relever et à rajuster ma jupe. Ayant mouillé comme une folle, je préférai rester debout, accrochée à la table, plutôt que de souiller mes vêtements et la chaise. Impossible de marcher sur mes hauts talons tant mes jambes tremblaient encore.

–Notre entretien est terminé. À propos, vous avez décroché le poste. Félicitations.

La respiration toujours un peu courte, je me retournai. Jeremiah Hamilton se tenait à côté d'un petit bar, à l'autre bout de la pièce. Son costume était impeccable, comme si rien ne s'était passé. Il arborait une expression scrutatrice, mais j'étais bien incapable de deviner ce qu'il tentait de découvrir. De mon côté, j'en appelai à mon sentiment de honte, à la colère, à l'outrage même, après une conduite aussi libertine –mais sans résultat. Je n'éprouvai qu'une immense fatigue et une sensation de sécurité extraordinaire.

J'étais foutue!

D'une main douce, Jeremiah saisit mon coude et me tendit un verre d'eau.

–Allez faire un brin de toilette, me susurra-t-il d'une voix plus tendre que jamais, tandis que je buvais une gorgée. Le temps d'organiser les choses, nous filerons dès votre retour.

Comme je n'avais pas toute ma tête depuis deux jours, je songeai que j'avais sûrement loupé quelque chose.

– Pardon ?

– Vous avez bien dit que vous aviez toujours votre passeport sur vous, non ?

Je tressaillis, décontenancée par sa question.

– Euh, oui.

Il acquiesça, comme si cela résolvait tous nos problèmes.

– Excellent. Vous m'accompagnerez donc aujourd'hui.

Médusée par cette révélation, je me désaltérai encore un peu.

– Où donc ? demandais-je.

– À Paris. Nous partons dans une heure.